안녕!

우린 카로, 그리고 클라로 클리커야.
우리랑 제일 친한 친구는 윤활유 마시는 걸 진짜 좋아해.
이 친구의 이름은 톰 터보, 세상에서 가장 멋진 자전거야.
우리가 톰 터보를 구상하고 만들었지.
따라와!

나는 클라로야.
원래 이름은 콘스탄틴 클리커지.
낡은 기구들을 분해해서 내가 직접
생각해 낸, 새 기구 만드는 것을 좋아해.
톰을 만드는 데 공이 더 커서
탐정단의 대장이 되었지!
내 꿈은 아침에 이를 닦아 주고 옷도
입혀 주는 기계를 만드는 거야.
내가 제일 좋아하는
음식은 스테이크야.

클라로

나는 카롤리네 클리커야.
1분 먼저 태어난, 클라로의 쌍둥이 누나지.
모두들 나를 '카로'라고 불러.
탐정단의 부대장을
맡고 있어.

난 춤추는 걸 좋아하고,
서커스 학원에 다니고,
그림 그리기를 좋아하고,
작은 책도 직접 만들어.
제일 좋아하는 건 초콜릿
아이스크림을 얹은 과일 샐러드야.

카로

**우리랑 같이
사건을 해결하자!**

출발해 볼까?

슈퍼 자전거 톰 터보

톰은 태양 전지를 충전해 주는 햇빛,
그리고 윤활유를 좋아해.
물은 싫어하지. 합선이 되기 때문이야.
누군가 톰을 멍텅구리 자전거라고 부른다면
그 사람은 곤란해질 거야!

컴퓨터

토스터

만능 도구 상자

톰에게는 **111가지 능력**이
입력되어 있어.
　예를 들면 이런 걸 할 수 있지.
　미니 피자 굽기, 아이스크림 만들기,
　연처럼 날기, 배처럼 헤엄치기,
　수색 레이저 광선 쏘기, 종이처럼 납작해지기!

조심!

톰은 몸을 작아지게
할 수 있어!

7

톰 터보와 멋진 보물 돈가스

1판 1쇄 인쇄 | 2024. 12. 26.
1판 1쇄 발행 | 2025. 1. 20.

토마스 브레치나 글 | 기니 노이뮐러 그림 | 전은경 옮김

발행처 김영사 | **발행인** 박강휘
편집 박양인 | **디자인** 윤소라 | **마케팅** 이철주 | **홍보** 조은우, 육소연
등록번호 제 406-2003-036호 | **등록일자** 1979. 5. 17.
주소 경기도 파주시 문발로 197(우 10881)
전화 마케팅부 031-955-3100 | 편집부 031-955-3113~20 | 팩스 031-955-3111

값은 표지에 있습니다.
ISBN 979-11-7332-020-0 73850

좋은 독자가 좋은 책을 만듭니다. 김영사는 독자 여러분의 의견에 항상 귀 기울이고 있습니다.
전자우편 book@gimmyoung.com | 홈페이지 www.gimmyoung.com

|**어린이제품 안전특별법에 의한 표시사항**| 제품명 도서 제조년월일 2025년 1월 20일
제조사명 김영사 주소 10881 경기도 파주시 문발로 197 전화번호 031-955-3100 제조국명 대한민국
사용 연령 8세 이상 ⚠주의 책 모서리에 찍히거나 책장에 베이지 않게 조심하세요.

슈퍼 자전거

톰터보와

멋진 보물 돈가스

토마스 브레치나 글

기니 노이밀러 그림 | 전은경 옮김

주니어김영사

차례

돈가스 편지

편지는 수요일에 도착했어.

카로와 클라로가 오후에 학교에서 돌아왔을 때, 아빠는 부엌에서 저녁 식사를 준비하고 있었어.

"너희 앞으로 편지가 왔다! 집배원이 오늘 일찍 가지고 왔더구나."

아빠가 과일 바구니 옆에 놓인 커다란 갈색 봉투를 가리키며 말했어.

"이게 뭐예요?"

카로가 놀라서 묻자 클라로가 웃으며 대답했어.

"세상에서 가장 얇은 돈가스!"

봉투는 바삭바삭한 돈가스처럼 보였어. 꼭 진짜 같았지.

카로 클리커
클라로 클리커

카로는 조심스럽게 봉투를 열고 편지를 꺼냈어. 큼직한 글
씨로 이렇게 쓰여 있었지.

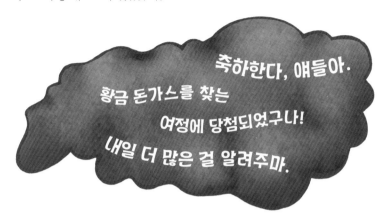

축하한다, 얘들아.
황금 돈가스를 찾는
여정에 당첨되었구나!
내일 더 많은 걸 알려주마.

카로가 편지를 크게 소리 내어 읽자 클라로와 아빠가 어리
둥절한 표정을 지었지.
"초대장이 참 특이하구나.
누가 보냈니?"
아빠가 물었어.

"텔레비전에서 '루드밀라 레오나르드' 부인을 다룬 프로그램을 봤어요. 돈가스 성의 주인인데, 그 사람 이름으로 보낸 초대장이에요."

카로가 대답했어.

"우아, 돈가스! 입에 침이 고이네. 그럼 성에 가는 거야?"

클라로가 입맛을 다시며 물었지.

아빠도 돈가스 성을 알고 있었어. 대형 음식점으로, 이 세상 최고의 돈가스를 먹을 수 있는 곳이었지.

"레오나르드 부인이 유언을 남겼대요. 돈가스 성의 비밀을 풀 자격은 형제, 자매, 남매에게만 주어진대요. 그리고 비밀을 풀고 싶은 아이들은 전화를 걸라고 했어요. 왜 참석하고 싶은지, 둘의 관계는 어떤지 설명하게 하더라고요."

카로가 자세히 설명했어.

"그래서 네가 전화했구나. 뭐라고 했니?"

아빠가 스파게티 소스를 저으며 물었지.

카로가 히죽 웃었어. 자기가 한 말이 정확하게 기억났거든.

"저는 똑똑하고, 동생은 지루한 녀석이라고 했죠."

"나는 지루하지 않아. 이 꽉 막힌 멍텅구리!"

클라로는 벌컥 화를 냈어.

"애들아, 애들아, 제발 좀!"
아빠가 아이들을 말렸지.

"하지만 네가 아이스크림과 팝콘과 바나나 우유를 동시에
만들어 내는 기계를 소립했다는 말도 했어. 그리고 내가 레몬
을 실물과 아주 똑같이 그려서, 보는 사람은 누구든 그 그림
을 짜고 싶어 한다고도 했고."

카로가 돈가스 편지를 가리켰어.

"내가 묘사를 아주 잘했나 봐. 우리가 초대받은 걸 보니 말
이야."

그 말에 클라로는 더 화낼 수 없었어. 과연 어떤 비밀스러
운 일들이 남매 앞에 펼쳐질까?

큰 꿈

그다음 돈가스 편지는 목요일에 날아들었어.

안내 사항:
너희가 가장
아끼는 것을 가져오렴!

남매는 서로 마주 봤어. 톰 터보가 빠질 수 없지!

토요일이 다가왔어. 행사가 시작되는 날이야.

클리커 부부는 아이들을 차에 태워 돈가스 성으로 향했고, 톰 터보도 함께했어.

"황금 돈가스는 틀림없이 무척 값비쌀 거야."

클리커 부인이 말했어.

그걸로 무얼 할지, 클라로는 이미 생각해 두었지.

"엄마, 자전거 기술자, 슈라웁 아저씨 아시죠? 그 아저씨가 톰을 수리할 때 우리를 자주 도와주셨어요."

카로는 동생이 무슨 말을 하려는지 금방 알아들었어.

"슈라웁 아저씨는 자전거를 많이 모았어요.

아저씨의 가장 큰 꿈이 자전거 박물관을 여는 건데, 그러려면 돈이 많이 필요하대요. 자전거를 좋은 상태로 유지하려면 비용이 무척 많이 들어요. 그중 한 대는 100년이나 되었고 나무로 만들어졌대요."

클라로가 설명했어.

"지붕에서 비가 새기라도 하면 수리비도 분명히 많이 들겠죠. 그래서 만약 황금 돈가스를 찾게 된다면, 아저씨한테 드리고 싶어요."

카로가 이어 말했지.

부부는 아이들이 무척 기특했어.

이날따라 바람이 많이 불었어. 하늘에 드리운 어두운 구름 때문에 작은 성은 살짝 섬뜩하게 보였지. 세 개의 탑, 하얀색과 빨간색 줄무늬로 칠해진 창문이 눈에 띄었어.

17

카로와 클라로가 차에서 내렸을 때 스위치가 딸깍딸깍, 카
메라가 찰칵찰칵 하는 소리가 요란하게 울렸어. 남매는 엄청
나게 놀랐지.

카메라와 마이크가 아이들 쪽으로 뻗어 왔어.

"굉장한 보물 찾기 행사에 참가할 수 있게 되었는데, 소감
이 어때요?"

기자가 물었어.

"많이 긴장되나요? 무릎이 떨리진 않고?"

다른 기자도 물었지.

"안 떨려요. 우린 어린애가 아니라고요!"

카로가 대답했어.

입구에는 어떤 여자가 두 아들과 함께 서 있었어. 하나같이 찌푸린 얼굴이었지. 다른 한쪽에는 두 딸과 아버지가 성에 들어가기만을 기다리고 있었어. 두 아이는 쌍둥이였는데, 딱 맞는 하늘색 바지에 노란색 민소매를 입고 있었어. 머리카락도 똑같이 양갈래로 묶었지.

쌍둥이는 하품하고 있었어. 그중 한 명이 하는 이야기가 톰에게 들려왔어.

"보물찾기가 바로 시작되지 않으면 잠들 것 같아."

카로와 클라로는 살짝 불안한 마음으로 다른 아이들 사이에 끼어들면서 인사했지.

"안녕."

그때 돈가스 성에서 깡마른 요리사가 나와, 진지한 표정을 한 채 말했어.

"보물찾기를 시작합니다!"

포겔베어 형제와 리구스터 자매

"빌헬름 포겔베어, 발터 포겔베어!"

요리사가 이름을 부르자 아이들 엄마가 남자아이들을 찔렀어. 둘은 황급히 손을 들었어.

"제가 빌헬름이에요!"

동생으로 보이는 남자아이가 먼저 대답했어. 알이 두툼한 안경을 끼고 있었지. 형은 가르마가 자로 잰 듯 반듯했어.

"저는 발터예요!"

"제 아이들은 또래보다 현명하고, 빠르고, 뛰어나답니다."

"쟤들이 자전거라면, 꼭 '잘난 척하기 기어'를 켰을 것 같아."

톰이 혼잣말로 나지막하게 그르렁거렸지.

"이쪽은 라우라 리구스터, 레나 리구스터입니다."

쌍둥이 아버지가 말했어.

"그리고 저는 로타 리구스터예요. 당연히 나를 아시겠지요? 이 도시에서 가장 큰 쇼핑센터 주인이랍니다."

요리사가 명단에 표시한 다음 클리커 가족에게 돌아섰지.

"그러면 너희가 콘스탄틴 클리커, 카롤리네 클리커겠구나!"

카로가 크게 고개를 끄덕였어.

"하지만 다들 우리를 클라로와 카로라고 불러요."

21

쌍둥이는 웃음을 터뜨렸고, 포겔베어 형제는 누군가 소똥을 코앞에 들이민 듯 코를 찌푸렸어.

아빠가 화가 난 클라로의 어깨에 손을 얹고 속삭였지.

"흥분하지 마렴."

클라로는 어렵게 분을 삭였지.

요리사는 자기 이름이 '프란츠 요제프'라고 소개하고, 아이들에게 미션을 알려 주었어.

"너희는 지금부터 내일 저녁까지 레오나르드 부인의 뒤채에 머물 수 있다. 부인은 그곳 어딘가에 황금 돈가스를 숨겨 두었단다."

"황금 돈가스가 정확하게 뭔가요?"

포겔베어 부인이 묻자 프란츠 씨가 설명했어.

"레오나르드 부인은 평생 모은 돈으로 금을 샀답니다. 금 세공사가 그것을 두툼한 돈가스 모양으로 만들었지요. 부인은 형제, 자매, 남매에게만 금을 찾을 자격을 주겠다고 했어요."

"우리 아들들이 찾고 말 거예요!"

포겔베어 부인이 소리쳤지.

"우리 딸들이 찾을 거예요. 저를 닮아 무척 똑똑하답니다!"

리구스터 씨가 장담했어.

"황금 돈가스 찾기는 쉽지 않을 거예요. 미리 안내하자면, 반짝인다고 모두 금은 아닙니다."

프란츠 씨가 설명했어.

"뭐라고요?"

쌍둥이가 물었지.

"그게 무슨 뜻이죠?"

포겔베어 부인도 물었어.

프란츠 씨는 비밀스러운 표정을 지으며 말을
이었어.

"한 가지만 더 말씀드리죠. 보물찾기 중 두
팀은 탈락하고, 진짜 황금 돈가스를 찾은
팀이 보물의 주인이 될 거예요!"

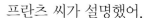

23

뒤채

요리사는 아이들만 데리고 뒤채로 향했어. 뒤채는 성 뒤편 멀찍한 곳, 높이 자란 나무들 사이에 숨어 있었지.

"다 쓰러져 가는 오두막이네."

쌍둥이가 무례하게 말했어.

"계획을 짜서, 꼼꼼하게 찾아보자."

발터는 빌헬름과 작전을 세웠지.

"어떤 물건을 챙겨 왔니? 가장 좋아하는 물건 말이다."

입구에서 프란츠 요제프가 묻자, 포겔베어 형제는 어떤 기구를 가리켰어. 긴 자루가 달린 접시처럼 보였지.

"이건 보물 찾는 사람들이 사용하는 금속 탐지기예요."

쌍둥이는 작은 컴퓨터를 가리켰어.

"최신 모델이에요. 아빠의 쇼핑센터에서 가져왔죠. 쓸모 있을 거예요."

프란츠 요제프는 카로와 클라로 쪽으로 몸을 돌렸어.

"너희는?"

그러자 톰 터보가 친구들에게로 굴러갔어. 지금까지는 뒤편에 물러나 있었거든.

"우리는 제일 친한 친구인 톰 터보를 데리고 왔어요!"

"이게 뭐야? 아기 장난감인가?"

라우라와 레나가 한껏 비웃었어. 발터와 빌헬름도 코웃음
쳤지.

"행운을 빈다."

프란츠 씨가 문을 열어 주었어.

뒤채는 아주 오랫동안 사용히지 않은 것 같았어. 가구마다
천이 덮여 있었지. 천장에 샹들리에가 걸려 있었는데, 이것도
천에 덮어서 꼭 유령처럼 보였어.

바닥, 액자 사이, 창문 틈에는 먼지가 가득 쌓여 있었지.

"청소기로 먼지를 좀 없애 볼까?"

톰 터보가 제안했어.

"잠시만!"

카로가 톰을 저지하더니 먼지를 가리켰지.

"여기에 발자국이 있어."

먼지 위로 동물 발자국이 남아 있었어. 어떤 동물들이 이곳을 지난 걸까? 고양이? 쥐? 새? 고슴도치?

발견

"저리 비켜!"

빌헬름 포겔베어가 잘난 척 명령했어. 그 아이와 형은 금속
탐지기 원반을 나무 바닥 위에서 돌리고 있었지.

"톰, 너한테도 금속 탐지기가 있어?"

카로가 물었어.

자전거 친구가 안타깝다는 표정으로 고개를 저었어. 그러
고는 나지막하게 윙윙 소리를 내며 앞으로 움직였지. 클라로
와 카로는 톰의 뒤를 따랐어.

뒤채는 넓었어. 대기실, 부엌, 벽난로가 있는 거실, 원탁이 놓인 식당이 있었지.

환하게 웃는 요리사들이 그려진 유화가 벽에 걸려 있었어. 모두 황갈색 돈가스가 지글지글 구워지는 프라이팬을 손에 들고 있었지.

"내 생각에, 이 사람들은 레오나르드 부인의 조상인 것 같은데."

클라로가 말했어.

그림에서 이상한 점을 찾았나요?
자세히 봐 두세요. 정답은 나중에
알게 될 거예요.

"찾았다!"

부엌에서 갑자기 발터의 환호성이 들려왔어.

"아이고, 세상에!"

카로는 한숨을 내쉬었고 톰은 안테나를 축 늘어뜨렸어.

"미안해. 나는 찾기에 소질이 없나 봐!"

셋은 부엌으로 급히 달려갔어. 빌헬름이 바닥의 널빤지 하나를 포크로 들어 올리는 중이었어.

"가까이 오지 마! 황금 돈가스는 우리 거야!"

발터가 소리쳤지.

막 부엌에 나타난 라우라와 레나도 물었어.

"약삭빠른 녀석들. 어떻게 찾은 거야?"

빌헬름은 힘들어서 앓는 소리를 냈어. 널빤지가 끼익 소리를 내며 쪼개졌지. 다들 목을 길게 빼고, 두 형제가 뭘 찾았는지 보려고 했어.

빨간 고양이

빌헬름은 바닥 움푹한 곳에서…… 아주 오래된 철제 쥐덫을 집어 올렸어. 라우라와 레나는 푸하하 웃음을 터뜨렸지.

카로와 클라로는 안도의 한숨을 내쉬었어. 황금 돈가스는 아직 발견되지 않은 거야.

"우리가 찾아야 해!"

카로가 속삭였어.

톰 터보는 후진 기어를 넣고 부엌에서 나갔어. 클라로와 카로가 그 뒤를 따랐지. 낡은 거실로 돌아와 벽에 걸린 요리사들의 그림을 바라보던 클라로가 중얼거렸어.

"이 그림들, 뭔가 이상하단 말이야."

톰 터보가 벨을 따르릉 울리면서 말했어.

"대장, 자세히 봐. 요리사들이 신나게 국자를 흔들면서 모두 위를 쳐다보고 있어!"

"돈가스? 위를? 아, 이제 알겠어!"

카로가 달리기 시작하자 클라로가 누나의 등에 대고 외쳤지.

"누나, 어디 가?"

카로는 엄지로 위를 가리키기만 했어. 카로가 향한 곳은 계단이었는데, 계단을 두 칸씩 한꺼번에 밟으며 올라갔어.

"계단을 오르느라 윤활유가 들끓는 것 같아."

톰 터보가 거칠게 숨을 몰아쉬며 말했어.

"걱정하지 마. 내가 밀어 줄게."

클라로가 뒤에서 자전거를 도왔지.

힘겹게 위로 올라가는 동안 쌍둥이가 둘을 앞질렀어.

"비켜. 이 **굼뜬** 굼벵이들아!"

쌍둥이가 놀려 댔지.

카로는 2층의 방 세 곳을 샅샅이 뒤지기 시작했어. 방 세 곳은 침실 두 개와 도서관이었어. 도서관은 먼지 쌓인 책들로 가득했지.

그때 호랑이처럼 빨간 줄무늬를 띤, 통통한 고양이가 울음 소리를 내며 다가왔어.

"안녕, 너는 누구니?"

카로가 물었지.

빨간 고양이는 카로 앞에 앉아, 카로더러 악수하자는 듯이 앞발을 들어 올렸어.

카로는 쪼그리고 앉아서 자기 손바닥을 고양이 앞발에 조심스럽게 마주 댔어.

고양이는 만족스럽게 가릉가릉 소리를 냈지. 그러고는 카로를 빙빙 스치고 돌면서 머리를 바짓단에 문질렀어.

그때 갑자기 도서관에서 뭔가 요란하게 내던지는 소리가 들려왔어.

클라로와 톰이 도서관 안을 흘낏 들여다보았어. 리구스터 자매가 책장에서 책을 마구 빼서 바닥에 내던지고 있었지.

라우라는 문간에 서 있는 클라로를 알아채고 그쪽으로 몸을 돌렸어. 그러면서 계속 책을 바닥에 던졌지.

"우리에겐 컴퓨터가 있어. 아빠에게 이메일을 보내서 바로 답장을 받았지. 아빠가 그러는데, 오래된 집들은 책 뒤에 뭔가 감춰져 있는 경우가 많대."

라우라가 느긋하게 설명했어.

"이건 우리 아이디어니까, 너희는 지하실에 가서 찾아!"

레나는 매서운 표정으로 클라로를 노려보며 말했어.

"얘들아, 여기 좀 봐. 내가 누굴 찾았는지!"

카로가 침실에서 소리치며 클라로와 톰 터보에게 고양이를 보여줬어.

"부대장, 고양이가 배고픈 것 같아!"

톰이 말했어. 그러고는 만능 도구 상자를 열고 집게 팔로 사료 그릇을 집어 내밀었어. 그릇에는 고양이 비스킷이 가득했지. 고양이가 허겁지겁 먹기 시작했어.

"진짜 열심히 먹네."

톰이 말했지.

"놀지 말고 얼른 단서를 찾자!"

클라로가 둘을 재촉할 때였이.

"찾았다!"

옆방에서 쌍둥이 중 한 명의 환호성이 들려왔어.

"후유, 안 되는데!"

클라로가 한숨을 내쉬었어.

잿빛 돈가스

라우라와 레나가 침실로 뛰어 들어왔어. 커다랗고 꽤 두툼
한 돈가스를 손에 들고 있었지.

"정말 찾기 쉬웠어. 레오나르드 부인이 책 뒤에 숨겼더라."
쌍둥이가 설명했어.

돈가스는 금빛으로 반짝였지.

"우리가 이겼다!"
여자아이들이 계단을 우당탕퉁탕 달려 내려갔어.

　톰의 안테나가 바닥으로 축 늘어졌어. 카로 품에 안겨 있는
고양이가 몸을 쭉 뻗으며 머리를 카로의 뺨에 기댔지.
　"할 수 없지. 집에 가자."
　실망한 클라로가 말했어.
　아이들이 뒤채를 떠나는 와중에도 고양이는 카로의 품에
안겨 있으려고 했지. 발터와 빌헬름도 고개를 푹 숙인 채 터
덜터덜 걸어 나왔어.
　돈가스 성 앞에는 기자와 부모님들이 기다리고 있었어.

"이 못난이들! 그것도 못 찾아와?"

포겔베어 부인이 아들들에게 화낼 동안 클리커 부부는 아이들을 꼭 안아 주었지.

"그래도 재미는 있었잖아?"

아빠가 위로했어.

"참가하는 데 의의를 두자!"

엄마도 토닥여 주었지.

쌍둥이 자매는 카메라를 향해 황금 돈가스를 들어 올렸어. 방송국 사람들이 사방에서 황금 돈가스를 찍었지.

"그걸로 뭘 할 건가요?"

기자가 물었어.

"당연히 팔아야죠!"

라우라가 대답하자 레나도 찬성했어.

"돈을 많이 받으면 옷이랑 컴퓨터랑 텔레비전을 살 거예요. 파티도 열 거고요."

그때 프란츠 요제프가 집에서 나왔어.

누군가 마이크를 그의 입 쪽으로 내밀었지.

"두 자매가 황금 돈가스를 이렇게 빨리 발견했는데, 하실 말씀 없으신가요?"

프란츠 씨는 아무 말도 하지 않았어. 쌍둥이에게서 돈가스를 건네받고는 앞치마에서 칼을 꺼냈지. 그러고는 그 칼로 황금 돈가스를 살짝 긁었어.

갑자기 사람들이 웅성거렸어.

"이건 사기예요!"

레나가 욕설을 퍼부었어.

"아빠, 요리사 아저씨 너무 뻔뻔해요!"

라우라도 화가 나서 발을 굴렀지.

금이 벗겨진 곳에 샛빛 양철이 살짝 드러나 있었던 거야.

"내가 너희에게 미리 말했잖니. 반짝인다고 모두 금은 아니라고 말이야. 루드밀라 레오나르드는 가짜 황금 돈가스를 숨겨 두었고, 그걸 찾은 사람은 탈락이야!"

"너무 야비해요!"

쌍둥이가 고함을 질렀어. 그러고는 프란츠 씨의 손에서 돈가스를 빼앗아 바닥에 내던졌지. 돈가스에서 기이하게 달그락거리는 소리가 났어. 카로가 몸을 숙여 돈가스를 집었어.

"네가 가져도 좋아."

프란츠 씨는 카로가 가질 수 있도록 허락해 주었어. 카로는 망설이지 않고 돈가스를 품에 안았어. 독특한 물건을 모으기 좋아하는데, 양철 돈가스는 아직 없었으니까.

프란츠 씨는 포겔베어 형제와 클리커 남매에게 말했어.

"나머지 참가자들은 계속 찾아도 된다!"

“이번에는 우리가 찾아내자!”

카로의 말에 클라로도 동의했어.

“물론이지!”

톰도 찬성했어.

발터와 빌헬름은 이미 달려가고 있었지.

“열심히 하란 말이야, 이 게으름뱅이들아!”

엄마가 형제의 등에 대고 소리쳤어.

“네가 레오나르드 부인의 보물을 품에 안고 있구나.”

카로는 뒤에서 들려오는 말에 돌아보았어. 프란츠 씨가 고양이를 가리키며 말했지.

“그 애 이름은 ‘작은 별’이야. 루드밀라 레오나르드의 고양이지. 고양이가 너를 무척 좋아하는 모양이다.”

그 말을 증명하듯이 고양이가 크게 가릉가릉 소리를 내기 시작했어.

"이제 가 볼게요!"

카로가 말했어.

클라로와 톰은 진즉 출발했지.

나무들 사이에서 뒤채가 모습을 드러내자 카로는 그 자리에 섰어. 특이한 지붕이 이제야 눈에 띄었거든.

지붕은
어떤 종류인가요?

굉음

카로는 이런 지붕을 예전에 이미 한 번 봤다는 사실을 기억해 냈어. 학교에서 천문대로 소풍 갔을 때였지. 천문대에는 달과 화성까지도 크고 또렷하게 볼 수 있는 대형 망원경이 설치되어 있었어. 뒤채 지붕과 비슷한, 둥근 모양이었지.

"레오나르드 부인이 저 위에 천문대를 설치했던 걸까? 작은 별, 너는 알고 있니?"

카로가 품에 안겨 있는 고양이에게 물었어. 고양이가 두 번 야옹댔지. 카로가 작은 별을 어루만지며 말했어.

"안타깝지만 나는 고양이 말을 못 알아들어."

톰은 집 안에 들어가 이 방 저 방을 돌아다니고 있었어.

"터보 탐사 기술을 작동해!"

클라로가 제안했지.

톰은 브레이크를 밟았다가 다시 움직이며 말했어.

"대장, 황금 돈가스 그림이나 사진이 없어서 불가능해. 자료가 없으면 탐사 기술은 작동하지 않아."

카로는 부엌에서 톰과 동생을 마주쳤어.

클라로는 기다란 막대에 걸린 많은 국자와 거품기를 손가락으로 가리켰어. 다들 달그락거리며 이리저리 흔들렸지.

　　장난치고 싶어진 클라로는 요리 주걱을 들고, 부엌에 걸린
크고 작은 프라이팬을 두드렸어. 저마다 다른 소리를 냈지.
　　"프라이팬으로 연주할 수 있는 사람?"
　　톰이 히죽 웃으며 물었어.
　　"바보! 장난 좀 그만 쳐!"
　　카로가 주먹을 꽉 쥐고 말했어.

그 말에 화가 난 클라로는 줄줄이 소시지처럼 생긴 손잡이가 달린 커다란 프라이팬을 세게 쳤어. 프라이팬은 징처럼 깊고 둔탁한 소리를 냈지.

"멍청이, 짜증내지 좀 마!"

카로가 벌컥 화를 냈어.

"난 멍청이가 아니야!"

클라로도 씩씩거리며 대꾸했지.

그러고도 화가 풀리지 않아 프라이팬을 다시 한번 세게 때리자, 프라이팬이 시계추처럼 이리저리 흔들렸어.

부러지고 쿵쾅거리는 소리가 천둥처럼 요란하게 울리자, 톰은 곧장 마이크를 껐어. 카로와 클라로는 양손으로 귀를 꽉 막았지. 작은 별이 바닥으로 뛰어내려 부엌에서 도망쳤어.

소음이 잦아들자 빌헬름과 발터가 고개를 문 안으로 빼꼼 들이밀었어. 무슨 일이 벌어졌는지 알고 싶었던 거야.

"쟤들, 집안 살림을 깨부술 작정인가 봐!"

빌헬름이 비난했어.

"우리가 알리면 카로와 클라로는 탈락하겠지."

"너희 일이나 하지 그래!"

카로가 두 형제에게 빽 소리 지르자, 형제는 냉큼 달아났지.

클라로와 톰과 카로는 앞에 놓인 불쾌한 상황을 바라봤어. 기다란 막대가 부러지면서 프라이팬과 냄비가 모두 바닥에 굴러떨어져 있었어.

"톰, 도와줘. 다시 걸어 놔야 할 것 같아!"

당황한 클라로가 도움을 청했어.

빽! 빽! 빽!

그때 식당에서 갑자기 경고음이 크게 들려왔어.

"바로 이거야!"

형제 중 한 명이 소리쳤어.

톰은 문 가까이 다가가, 구석을 살폈어. 휘어진 막대 장
치를 사용하면 들키지 않고 모퉁이 너머를 엿볼 수 있었지.

50

고장 난 톰 터보

빌헬름이 그릇이 가득한 찬장 위로 금속 탐지기를 휘두르는 중이었어.

삑! 삑! 삑!

커다란 수프 그릇에서 크게 삑삑거리는 소리가 들렸지.

빌헬름이 수프 그릇을 꺼내자 발터가 뚜껑을 열었어.

"우리가 찾았다!"

발터가 숨을 헐떡이며 말했어.

"잠깐! 이게 정말로 진짜 황금 돈가스일까?"

빌헬름이 형을 막았어.

둘은 찬장 서랍에서 칼을 하나 꺼내 금을 긁어 봤어.

"이깃도 그냥 양철이야!"

발터가 씩씩거리며 가짜 황금 돈가스를 휙 집어 던졌어. 돈가스는 덜그럭거리며 톰 터보 근처에 떨어졌지.

톰 터보는 안도의 한숨을 내쉬었어. 아직 진짜 황금 돈가스를 찾을 기회가 남아 있었으니까.

톰이 양철 돈가스를 집어 들면서 말했어.

"이것도 카로에게 줘야지!"

톰이 만능 도구 상자를 열고 가짜 돈가스를 넣었어.

"우리, 구역을 나누어 찾아보면 어떨까?"

클라로가 제안했어.

"나는 위층에서 찾을게. 둘은 아래층을 뒤져 봐!"

톰과 카로는 그 말에 찬성했어.

클라로는 계단을 달려 올라갔고, 톰과 카로는 거실부터 찾아보기로 했지.

틱! 톡! 틱! 톡!

"톰, 어디 고장 난 거 아니야?"

카로가 자전거 친구에게 물었어. 톰에게서 계속 이상한 소리가 났거든.

틱! 톡! 톡!

"특수 능력을 켰어. 특수 능력이 흔적을 알려 주네!"

톰 터보가 설명했어.

둘은 커다란 그림들이 걸린 벽 앞에 서 있었어. 요리사들 그림을 함께 봤지.

카로가 무언가를 알아챘어.

"너도 봤어?"

"부대장, 뭘 봤는데?"

"조금 전에 부엌에 있던 것이 여기에도 그려져 있잖아!"

무엇이
그려져 있었을까요?

조심해!

틱! 톡! 톡! 톡! 톡!

톰의 특수 능력이 조금 전 형제의 금속 탐지기보다 점점 더 큰 소리를 냈어.

"줄줄이 소시지 손잡이가 달린 프라이팬! 지금 당장 조사해야겠다."

카로가 동생을 부르며 부엌으로 돌아갔지.

그 프라이팬은 여전히 바닥에 놓여 있었어.

프라이팬은 몹시 무거웠어. 카로는 프라이팬을 들어 올리느라 양손을 모두 써야 했지.

숨을 헐떡이며 프라이팬을 전기레인지 위에 내려놓았어.

클라로와 톰이 카로의 좌우에 섰어.

"프라이팬이 고장 난 것 같애! 비용을 물어 달라고 하면 어쩌지. 분명히 비쌀 텐데!"

클라로가 이렇게 말하고 불현듯 **삐뚜름해** 보이는 프라이팬 바닥을 가리켰어.

톰이 작은 도구 상자를 열었어.

"대장, 잘 살펴봐. 어쩌면 이중 바닥인지도 몰라!"

클라로는 드라이버를 집어 들고 짙은 색 금속판을 조심스럽게 들어 올렸어.

"톰, 네 말이 맞아!"

카로가 환호성을 질렀어. 프라이팬에 비밀 칸이 있고, 그곳에 황금 돈가스가 들어 있었지.

"우리가 찾았다! 우리가 찾았어!"

카로는 클라로와 춤을 추면서 황금 돈가스를 트로피처럼 흔들었어.

세 친구는 너무 기쁜 나머지 포겔베어 형제가 문간에서 엿보고 있다는 걸 전혀 눈치채지 못했어. 두 형제는 이 기회를 엿보고 남매에게 달려들었지.

발터가 금속 탐지기를 몽둥이처럼 휘둘렀고 빌헬름은 황금 돈가스를 카로의 손에서 낚아챘어. 톰이 돈가스를 다시 가져오려고 하자 발터는 금속 탐지기로 자전거를 내리쳤어.

뭔가 요란하게 터지는 소리가 나면서 톰의 컴퓨터와 만능 도구 상자에서 작은 불꽃이 번쩍였지.

포겔베어 형제는 의기양양하게 웃으며 도망쳤어.

"톰이 합선됐다! 수리해야 해!"

클라로가 몹시 놀라서 소리쳤어.

카로는 그 사이에 돈가스 도둑들을 쫓아갔어.

'이 비열한 녀석들! 황금 돈가스를 차지하게 둘 수 없어!'

카로는 몹시 화가 났어.

기자들, 클리커 부부, 포겔베어 부인은 여전히 돈가스 성 앞에서 기다리는 중이었어.

"우리가 찾았어요! 진짜 황금 돈가스를 찾았다고요!"

두 형제가 고함을 질렀어.

모든 카메라가 곧장 둘을 향했고 질문이 쏟아졌어.

"잠깐! 아니에요! 돌려줘! 황금 돈가스를 찾아낸 건 우리예요. 발터와 빌헬름이 우리 것을 훔쳤다고요!"

카로가 숨 돌릴 틈도 없이 소리쳤어. 기자들을 헤치고 포겔베어 가족에게 다가갔지.

포겔베어 부인은 아들들의 손에서 황금 돈가스를 낚아채며 말했어.

"거짓말하지 마! 내 아이들은 최고니까. 우리 애들은 항상 이겨요! 언제나 그랬죠!"

부인은 카로가 잡지 못하게 황금 돈가스를 마구 흔들다 떨어뜨렸어. 돈가스가 돌 위에 떨어지며 덜그럭거리는 소리를 냈어.

모두 황금 돈가스를 지켜보기만 했어.

몇 초간 정적이 감돌았지.

말하는 돈가스

그 돈가스도 양철이었어. 다른 두 개와 마찬가지로 말이야.

"말도 안 돼!"

포겔베어 부인이 계단에 서 있는 프란츠 씨에게 다가갔어.

요리사는 한 걸음 옆으로 물러나서 어깨를 으쓱했지.

"포겔베어 형제도 탈락입니다!"

빌헬름과 발터는 시끄럽게 항의했어.

"돈가스가 세 개나 발견됐는데, 셋 다 양철이라고요?"

하지만 바로 다음 순간 두 형제는 얼굴이 새빨개졌지.

"잠깐! 세 번째 돈가스인 걸 너희가 어떻게 알았지?"

포겔베어 부인이 엄한 표정으로 물었어.

두 형제는 그저 고개만 숙였지. 엄마가 아이들의 귀를 잡아 당기며 말했어.

"그만 가자. 이럴 시간에 공부를 조금이라도 더 해."

그리고 프란츠 씨에게 냉정하게 말했지.

"루드밀라 레오나르드는 제정신이 아니군요. 이런 돈가스 사냥, 아주 웃겨요!"

프란츠 씨는 깊고 길게 심호흡했어.

"루드밀라 레오나르드는 현명한 사람이었어요. 제게도 황

금 돈가스를 찾으려면 운명적인 별들의 시간이 필요하다는
말만 했습니다!"

기자들도 흥미를 잃고, 하나둘씩 그 자리를 떠나 버렸어.

남은 사람은 클리커 가족뿐이었지.

클라로가 정원을 가로질러 왔어. 톰 터보가 그 옆에서 약
간 비틀거리며 굴러왔지. 둘의 옆에서 고양이가 꼬리를 빳빳
하게 세운 채 걸어왔어.

"이 돈가스도 제가 가지면 안 될까요?"

카로가 프란츠 씨에게 물었어.

프란츠 요제프가 고개를 끄덕였어.

"레오나르드 부인은 무척 현명하고 친절했단다. 남을 속일 생각을 하는 사람이 아니었어."

그가 높다란 요리사 모자를 벗어 손으로 만지작거렸어.

"우리도 이제 그만 출발하는 게 좋겠다."

엄마가 말했어.

"저, 잠시만요. 들어오셔서 돈가스라도 먹고 가시죠. 제가 대접하겠습니다."

프란츠 요제프가 문을 열어 잡아 줬어. 클리커 가족은 요리사의 초대를 감사하게 받아들였지.

잠시 뒤, 접시보다 더 큰 돈가스가 나왔어. 배가 고팠던 카로와 클라로는 돈가스에 곧장 달려들었지. 아빠는 톰 터보에게 주유소에서 산 윤활유 캔을 주었어.

"다시 괜찮아졌어?"

클라로가 톰에게 물었어.

"이제 괜찮아. 고마워. 하지만 상자가 움푹 파였어!"

톰은 캔에 남은 윤활유를 다 빨아 먹고는 말을 이었지.

"이제 다시 기름칠을 충분히 했으니 추리할 수 있겠어!"

톰 터보는 양철 돈가스 세 개를 앞에 놓인 탁자에 올려 둔 뒤 말했어.

"이 돈가스들, 뭔가 특별한 것 같아."

톰의 빨갛고 동그란 코가 열렸어. 톰은 거기서 나온 노란 레이저 광선으로 양철 돈가스를 조사했지.

반짝, 반짝, 반짝.

"톰, 뭔가 발견했어?"

남매가 호기심을 보이며 물었어.

"흐으음!"

톰이 식탁으로 더 가까이 굴러왔어. 만능 도구 상자에서 집게 팔이 나왔지. 톰은 집게 팔로 첫 번째 양철 돈가스를 덥석 집었어. 그리고 높이 들었다가…… 떨어뜨렸지.

"너, 아직 고장 난 거 아니야? 더 수리해야 할까?"

클라로가 걱정스러운 얼굴로 벌떡 일어났어.

"대장, 아니야."

톰이 대답했지.

그러고는 두 번째 양철 돈가스를 집었어. 그 돈가스도 곧장
바닥에 떨어뜨렸지. 세 번째도 마찬가지였어.

아무도 톰의 의도를 이해할 수 없었어.

"톰, 왜 그래?"

다들 물었어.

"대장, 돈가스들이 뭐라고 말하는데?"

톰은 돈가스를 집어 들었다가 다시 바닥에 떨어뜨렸어. 이
제 다른 사람들에게도 돈가스의 말이 들려왔지.

운명의 순간

돈가스는 "포기하지 마!"라고 말했어.

카로와 클라로의 머릿속에 불현듯 무언가 떠올랐어. 이제 더는 차분하게 앉아 있을 수 없었지.

"황금 돈가스를 찾으려면 운명적인 별들의 시간이 필요하다!"

프란츠 씨가 레오나르드 부인의 말을 반복해 읊었어.

"뒤채 지붕의 천문대! 그걸 말하는 것 같아!"

카로가 외쳤지.

클리커 부부는 어리둥절한 눈빛을 주고받았어. 지금 아이들이 무슨 소리를 하는 걸까?

톰은 둥근 천장으로 이어지는 수많은 층계를 생각하고는 한숨을 내쉬었어.

클라로에게 좋은 생각이 떠올랐어.

"축소 기술을 사용해. 내가 너를 들고 갈 테니까."

이 기술은 힘이 많이 들어. 톰은 정말 꼭 필요한 경우에만 이 기술을 사용했지.

잠시 덜거덕거리는 소리가 이어진 뒤, 톰이 바나나만 한 크기로 줄어들었어. 클라로는 톰을 들어 올려 함께 천문대로 향했어.

고양이 '작은 별'도 아이들을 따랐지.

2층에서 클라로와 카로가 둥근 천장으로 이어지는 계단을 한참 찾고 있을 때, 고양이가 도서관의 어느 책장 옆에 앉아 큰 소리로 야옹거렸어. 카로가 얼른 가서 살펴봤더니 책장 바로 옆에 지렛대가 있었어. 클라로가 지렛대를 당기자 위에서 덜커덩거리는 소리가 들려왔어. 요란한 소음과 함께 덮개가 열리더니 사다리가 아래로 내려왔지.

둥근 천장 아래는 어두컴컴했어. 클라로가 작아진 톰을 바닥에 내려놓자 자전거는 다시 원래의 크기로 돌아왔어.

클라로는 벽에서 **손잡이**를 발견했어. 양손을 모두 사용하고서야 손잡이를 돌릴 수 있었지.

톡! 끼이이이이익!

버스려어어어억!

덜커더어어어엉!

둥근 천장에서 좁다란 틈새가 열리고 빛이 들어왔어.

"이 유리창을 통과하여 망원경을 설치하고 하늘로 향하게 두더라!"

카로가 학교에서 천문대에 갔을 때를 떠올렸지.

하지만 뒤채의 둥근 천장 아래에는 망원경이 없었어.

톰의 비디오 눈이 아주 커지더니, 흥분해서 그르렁거렸어.

"대장! 바닥을 봐. 양철 돈가스처럼 보이는 윤곽이 세 개 있어!"

카로는 둥근 천장의 안쪽을 가리켰지.

"그리고 저 위에는 많은 점들이 그려져 있어. 밤하늘의 별처럼 보여. 이게 바로 별들의 시간을 의미하는 것 같아!"

카로가 곧장 말했어.

"내가 얼른 돈가스들을 가져올게."
톰 터보는 유리창에서 정원으로 쏜살
같이 뛰어내렸지. 몇 분 뒤, 좁다란 틈새
로 톰의 머리가 다시 나타났어. 핸들 머리를
길게 잡아 뺀 거야.
톰이 양철 돈가스들을 강아지처럼 주둥이에
물어 클라로에게 하나씩 건네주었지.

남매는 돈가스를 바닥에 낄 생각이었어. 바닥에 모양이 파여 있었으니까. 하지만 양철 돈가스들은 마음처럼 잘 끼워지지 않았어.

"대장, 윤곽에 딱 맞는 돈가스가 들어가야 해!"

톰이 설명했어.

톰은 머리를 높이 들고 있었기 때문에 아이들을 도울 수 있었지.

어떤 윤곽에
어떤 돈가스가 맞을까요?
그 가운데에는 누가 서야 하나요?

우승 팀

드디어 성공했어.

양철 돈가스가 나무 바닥에 편평하게 파인 윤곽에 모두 맞게 들어갔지.

남매는 긴장한 채 주위를 둘러보았지만 아무 일도 일어나지 않았어.

"이제 어떻게 해? 무슨 일이라도 일어나야 하는 거 아니야?"

카로가 물었어.

"아무 일도 안 일어나는데!"

클라로는 몹시 실망했지.

그때였어. 작은 별이 조용히 걸어가 둥근 공간의 한가운데에 섰어.

그러자 갑자기 둥근 천장 아래 그려진 별들이 반짝반짝 빛나기 시작하더니, 어떤 여자의 목소리가 들려왔어.

"누군지는 모르지만, 정말 축하한다! 내가 낸 모든 시험에 합격했구나. 너희는 마음이 따뜻하고 머리도 좋은 아이들이야. 게다가 동물도 사랑하는구나. 그래야만 모든 수수께끼를 풀 수 있으니까. 너희가 아껴 주지 않았다면 '작은 별'이 결코 너희를 따라오지 않았겠지. 너희만이 내 보물을 가져갈 수 있다. 황금 돈가스가 너희에게 행운과 기쁨이 되길."

둥근 천장 제일 높은 곳에서 뭔가 움직였어. 그곳에 내내 걸려 있던 커다란 접시가 이제야 아이들 눈에 띄었지. 접시가 가느다란 네 개의 쇠사슬에 매달려 아래로 내려왔어. 진짜 황금 돈가스가 그 접시에 놓여 있었지.

카로가 돈가스를 들려고 했지만 몹시 무거웠어. 클라로와 함께가 아니었다면 들지 못했을 거야.

"레오나르드 부인은 정말 많은 과제를 준비해 뒀구나."

톰 터보가 웃으며 말했어.

남매와 톰이 황금 돈가스를 가지고 오는 모습을 본 프란츠 씨가 박수를 쳤어. '작은 별'도 아이들 옆에서 위풍당당하게 걸어왔지.

"레오나르드 부인이 살아 있었다면 지금 너희를 꽉 안아 주었을 거야."

프란츠 씨가 말했어.

"텔레비전 방송국과 신문사를 다시 불러야겠지?"

하지만 톰 터보가 더 좋은 아이디어를 냈어.

"자전거 박물관의 개관식에 오는 편이 더 나을 것 같아요."

"황금 돈가스를 팔기 전에 모두에게 보여 줘야겠어요!"

카로와 클라로는 바로 그렇게 하기로 했지.

슈라웁 아저씨는 자기에게 온 행운을 믿지 못할 정도였어. 자전거 박물관이라는 꿈이 이루어졌으니까. 다들 박물관에 전시된 자전거 하나하나에 놀라고 감탄했어. 많은 관람객이 아저씨에게 악수하며 축하를 건넸어.

사람들은 황금 돈가스 사진을 계속해서 찍었어. 카로와 클라로는 어떻게 이 보물을 찾았는지 여러 번 되풀이해서 설명해야 했지.

톰 터보는 이때 뭘 하고 있었을까?

톰은 꼼짝하지 않고 자전거들 사이에 조용히 서 있었어. 그러다가 누군가 지나가면 이따금 윙크했지.

리구스터 씨도 쌍둥이를 뒤에 달고 나타났어. 쌍둥이는 아빠 곁에서 계속 하품하는 척하며 끔찍하게 지루하다는 듯이 행동했지. 둘이 자기 앞에 와서 서자, 톰은 주둥이에서 강력한 바람을 내보냈어. 두 아이의 깔끔한 머리카락이 순식간에 곤두섰지.

"으아아악!"

둘은 비명을 질렀어.

포겔베어 부인도 빌헬름과 발터를 데리고 왔어. 형제는 카로와 클라로에게 돈가스를 빼앗아서 미안하다고 사과했어.

"사과하러 오다니 대단해!"

클라로가 말했어.

"하지만 너희도 재미있는 구경을 해야지!"

"안 된다. 둘은 집에 가서 바로 공부해야 해!"

부인이 끼어들었어.

톰 터보는 안테나로 부인을 자기 쪽으로 당겼어.

"가끔 마음속에 웃음 기어를 넣어 보세요. 아주머니도 행복해질 거예요!"

그러고는 우스운 표정을 마구 지었지. 포겔베어 부인조차도 그 모습에 웃지 않고 배길 수 없었어. 처음에는 그저 킥킥 웃다, 곧 배꼽을 잡고 웃어야 할 지경이 되었지.

톰 터보를 지켜보던 카로, 클라로도 빙그레 미소 지었어.

수수께끼 풀이

26-27쪽 뒤채에서 황금 돈가스 찾기가 시작될 거야. 사방에 먼지가 쌓여 있고, 고양이 한 마리와 쥐 여러 마리의 발자국이 보여.

30-31쪽 자세히 보면 모든 요리사들이 위쪽을 쳐다보고 있다는 사실을 알 수 있어. 황금 돈가스가 있는 곳이지.

44-45쪽 독특한 지붕 모양이 카로의 눈에 띄었어. 천문대에서 볼 수 있는 둥근 지붕이야.

52-53쪽 그림을 보면 답을 금방 찾을 수 있어. 윗줄 오른쪽에서 두 번째 그림 속의 프라이팬을 47쪽에서도 볼 수 있지.

62-63쪽 톰 터보는 황금 돈가스의 흔적을 따라가고 있어. 레이저 광선으로 양철 돈가스를 조사하고, 이 돈가스들이 말할 수 있다는 사실을 알아내지. '포기하지 마!'가 돈가스들이 전하려는 메시지야.

68-69쪽 톰 터보는 어떤 돈가스가 어떤 윤곽에 맞는지 정확하게 알고 있어. 고양이 '작은 별'은 가운데에 맞아. 이제 황금 돈가스로 가는 길이 열렸어.

글 **토마스 브레치나**

토마스 브레치나는 빈과 런던을 오가며 살지. 550권이 넘는 책으로 전 세계 어린이와 청소년들에게 감동을 줬어. "독서는 그 자체만으로 모험이어야 한다"는 말은 토마스 브레치나의 좌우명이야.

그림 **기니 노이뮐러**

1966년 빈에서 태어났어. 부모님의 말에 따르면, 태어날 때부터 이미 손에 색연필을 쥐고 있었다고 해. 평생 그림을 그렸지. 처음에는 종이 쪽지, 그 이후에는 노트 가장자리에. 고등학교를 졸업한 뒤 웹 디자이너 교육을 마치고, 90년대부터 그래픽 디자이너, 삽화가, 화가 등 프리랜서로 일했어. 무진장 멋진 자전거 톰 터보가 새로운 모습을 갖추게 해 주었지. 1995년에 결혼했고, 두 아이와 고양이가 있어. 취미는 요리로, 제일 좋아하는 건 '잼 만들기'야.

옮김 **전은경**

한국에서 역사를, 독일에서 고대 역사와 고전문헌학을 공부했어. 출판사와 박물관에서 일하다가 지금은 독일어 책을 번역하고 있어. 어린이와 청소년 책을 우리말로 옮길 때가 가장 즐겁대. 《커피 우유와 소보로빵》《꿈꾸는 책들의 미로》《인터넷이 끊어진 날》《바이러스 과학 수업》《동물들의 환경 회의》《뜨거운 지구를 구해 줘》《월드 익스프레스》, 〈데블 X의 수상한 책〉 시리즈, 《고양이 명탐정 윈스턴》《기숙 학교 아이들》《스무디 파라다이스에서 만나》 등을 우리말로 옮겼어. 단어가 막힐 때마다 반려 고양이 '마루'에게 물어봐. 그러니 모든 책이 사실은 공역이지.

톰 터보는 20년 전부터 아주 어려운 사건들을 쫓아다니면서 해결하는 중이야. 지금까지 40권이 넘는 책이 출간되고 400편이 넘는 텔레비전 시리즈가 방영됐지. 이 특별한 자전거는 이제 쉰브룬 동물원에 탐정 사무실도 가지고 있어. 사람들이 톰 터보를 위해 그곳에 윤활유 캔을 전해 주곤 한대.

이 시리즈를 쓴 **토마스 작가님**은 수백만 명의 독자들이 있는 중국에서 '모험의 대가'라고 불려. 작가님에게 <톰 터보> 시리즈에 대해 물어봤어.

 ## 작가님, 톰 터보라는 아이디어는 어떻게 얻었나요?

여덟 살 때 나는 톰 터보 같은 자전거를 갖고 싶었어요. 무전기와 온갖 실용적인 도구들로 내 자전거를 무장했지요. 처음에는 아이들이 사건을 해결하는 범죄 소설을 쓰려고 했어요. 그러다가 내가 꿈꾸던 자전거가 다시 생각났고, 상상력을 발휘해 바퀴 달린 첫 번째 탐정, '톰'을 만들었지요.

 ## 톰 터보라는 이름은 어떻게 생각해 냈어요?

처음에는 톰을 '톰 타이거'라고 부르려고 했어요. 그래서 이 책의 표지에는 호랑이처럼 줄무늬가 있지요. 하지만 이미 톰 타이거라는 이름의 만화 캐릭터가 있다는 말을 듣고서는 톰 터보라는 이름을 번개처럼 떠올렸어요. 이 이름이 훨씬 좋다고 생각했지요. 하지만 호랑이 줄무늬는 그대로 남겨 두었습니다.

 ## 톰 터보와 텔레비전에 나오는 소감은 어떤가요?

오랜 세월이 흘렀지만 여전히 모험하는 기분이 들어요. 톰 터보가 달려오고 우리가 함께 카메라 앞에 설 때면 나는 흥분해서 소름이 돋는답니다. 쉰브룬 동물원의 탐정 사무실에 있으면 정말 편안해요. 수많은 어린이 탐정들이 우리 사건을 재미있어 하고, 수수께끼를 알아맞히는 게 좋아요.

슈퍼 자전거 톰 터보

◆ 전 세계 1억 부 이상 판매!
◆ 새로운 일러스트와 번역으로 태어난 <톰 터보>
◆ 다양한 수수께끼와 풀이 수록으로 독자가 직접 참여하는 액티비티 동화책

시즌 1

복면 쓴 흑기사가
홀연히 사라지는 유령 도시에
숨겨진 음모를 밝혀라!

살아 움직이는 스파게티의
비밀을 풀려던 탐정단은
덫에 걸리고 마는데…….

오래전 죽었다는
'하얀 백작'의 유령이 맴도는
돌 늑대의 비밀은 무엇일까?

해저에 숨겨진 기사의 보물을
찾으려는 탐정단.
수상한 잠수부를 조심해!

괴물이 나타나 축구공에 덤벼든다.
고장 나 버린 톰은 계속
이상한 소리 내는데…….